www.casterman.com

© Casterman 2007
Droits de traduction et de reproduction réservés pour tous pays.
Toute reproduction, même partielle, de cet ouvrage est interdite.
Une copie ou reproduction par quelque procédé que ce soit, photographie, microfilm, bande magnétique,
disque ou autre, constitue une contrefaçon passible des peines prévues par la loi du 11 mars 1957
sur la protection des droits d'auteur.
ISBN 978-2-203-00452-8

ZOÉ et THÉO
à la piscine

Catherine Metzmeyer & Marc Vanenis

CASTERMAN

Zoé et Théo adorent aller à la piscine.

Aujourd'hui, Bruno les accompagne.
Du coin de l'œil, maman les surveille.

Curieuse, Zoé demande à une petite fille assise :
— Pourquoi ne vas-tu pas dans l'eau ?

Puis Zoé se vante :
— Moi je n'ai pas peur. Regardez-moi. Je nage comme un poisson.

Bruno se moque : — Ah, ah, petit poisson,
je te chatouille !

— Mes lunettes ! gémit Bruno. Tu les as fait tomber.

Et plouf ! Les voilà tout au fond de l'eau.
Bruno ne voit plus rien : — Où sont mes lunettes ?

Aussitôt la petite fille saute dans le bassin.

Elle sait nager. Et même aller sous l'eau !

— Je les ai repêchées, tes lunettes ! dit-elle à Bruno.
Zoé n'en revient pas.

Zoé, Théo et Clara veulent encore jouer. Bruno préfère sortir.

La maman de Zoé l'appelle : — Viens par ici que je t'essuie.

Bruno lui explique :
— La prochaine fois, j'aurai les lunettes de plongée que mon papa m'a commandées.

Alors Clara s'écrie : — Tu ressembleras à Superman !
Ou plutôt à super Bruno qui regarde sous l'eau.

Bruno rougit de plaisir. Elle est chouette Clara !

Imprimé en Espagne.
Dépôt légal mars 2007 ; D.2007/0053/230
Déposé au ministère de la Justice, Paris
(loi n°49.956 du 16 juillet 1949 sur les publications destinées à la jeunesse).